21511

Ye

L'ESCARPOLETTE,

CONTE.

Militiæ species amor est, discedite segnes.
Ov. de Arte am. Lib. II.

A AMSTERDAM.

1765.

L'ESCARPOLETTE,
CONTE.

EN fait d'amour audace est nécessaire,
Jeunes Amans, que ce Dieu desespere,
Tirez parti de cette instruction ;
Tel d'entre vous, s'il n'est un peu corsaire,
Pourra long-temps aux pieds de sa Bergere
Traiter l'amour en spéculation.
Pour vous prouver que ceci n'est chimere,
Lisés ce Conte. En la ville d'Agen,
Dont Bachaumont fait un nouvel Eden,
N'aguere étoit Bachelette poupine,
L'astre nouveau de ce riant séjour,
Quinze ans au plus, corsage fait au tour,
Beaux yeux, teint frais, tetins blancs & peau fine
L'égaloient presque à la mere d'amour.
CORISE enfin des dons de la nature
Faisoit un tout si rare & si charmant,

A ij

Que ſi ſatan en eût pris l'encolure,
Le Saint reclus qu'il tentoit vainement
Poſſible eût eu vertigo de luxure ;
Auſſi la Belle avec tels agrémens
Avoit déjà cauſé plus d'un martire ;
La voyoit-on , l'aimer & le lui dire
Ce n'étoit qu'un , toujours nouveaux Amans;
Tout étoit point de l'amoureuſe criſe ,
Juſqu'au Curé , qui ſous ſa barbe griſe
Lorgnant la chair avec intention ,
N'eut pas cédé pour l'Evêché de Piſe
Où plus encor , telle direction ;
Le Bedeau même empiétant ſur l'Egliſe ,
Sentoit par fois critique émotion
Et murmuroit ſur les droits de prêtriſe ;
Tout en un mot ſoupiroit pour CORISE.
Heureux ſans douté & mille fois heureux ,
Me direz-vous , qui dans ce cœur novice
En ſa faveur alluma quelques feux !
Détrompez-vous , la beauté ſans caprice
Eſt choſe rare , & prodige douteux ,
Comme on l'a vû CORISE étoit jolie ,
Et le ſçavoit ; pour ſes adorateurs
Conſéquemment & refus & rigueurs
Alloient leur train , c'étoit là ſa folie ,

Lui tenoit-t'on quelques propos flateurs,
Tout auſſi-tôt ſévére repartie
Venoit à point, rebufades, hauteurs,
Même par fois étoient de la partie,
Notés que tout étoit minauderie,
Auſſi bien-tôt ſera-t'elle punie
Du méſemploi des charmes ſéducteurs
Dont les amours l'avoient ſi bien lotie.
Chacun ici piqué comme pour ſoi,
Fut-elle encor mille fois plus gentille,
Sur l'expoſé va croire ainſi que moi,
Qu'un vrai pied-plat, un croquant, un foudrille,
Ou quelqu'amant de plus mauvais aloi
Furent ſon lot ; mais ce qu'on imagine
N'arriva pas, & le croquant fut beau,
Jeune, bien fait, d'humeur vive & badine,
Sentant ſon bien, même un peu damoiſeau,
Amour enfin pour notre chérubine
L'avoit moulé ſur un deſſein nouveau ;
Venons au fait. Pour groſſir la Sequelle
De cent Rivaux qui comme papillons
Se brûloient tous à la même chandelle,
Et que Corise au jeu de la prunelle
Avoit navrés de mortels aiguillons,
Vint & fut pris d'une œillade homicide

A iij

L'heureux Rosant, le moderne Jafon
Dont la fouplefle & l'audace intrepide
Sçurent enfin ravir une Toifon,
Pour qui Socrate eût perdu la raifon,
C'eft dire affez ; le Lecteur peut lui-même
Tout à fon gré fe tracer au plus beau
Ce dont Amour, par un caprice extrême,
Fait & fon trône & fouvent fon tombeau :
En attendant qu'à ce point il arrive,
Laiffons trotter fon imaginative,
Et retournons à notre jeune Amant.
Pour conquêter bijou de telle efpece,
S'amufa-t'il à faire éloquemment
Longue tirade à la fiere tigreffe
Sur les beaux yeux qui caufoient fon tourment ?
Lui jura-t'il éternelle tendreffe ?.....
Mit-il en jeu poulets, cadeaux, promeffe ?
Que fcais-je enfin… pleura-t'il fottement
Fit-il des vers ?… non, Corise en eût ri,
Rire des maux que l'on fouffroit pour elle
De fes plaifirs étoit le favori,
Auffi Rosant, qui la connoiffoit telle,
Fut-il plus fage, & parvint à fon but
Sans invoquer Plutus ou Belzebut.
Bien eft-il vrai que pour hâter l'affaire

Occasion y mit un peu du sien,
Mais la saisir, quand la masque dit tien,
Par le toupet, est mériter salaire,
Pas n'y manqua le beau Sire, & fit bien.

Un beau matin, si le Conte est fidele,
Dans le canton où gîtoit notre Belle
Fête revint qu'on chommoit tous les ans
Au même jour, & pour les sept Dormans,
Dit la Cronique ; Or personne n'ignore
Que de tels saints font de ceux qu'on honore
Par doux ébats bien mieux que par encens,
Ainsi jugés qu'à la chommer encore
On fut exact, & qu'on jouit du tems.
Ce jour venu, jeunesse fut alerte
A prendre essor vers la route des champs,
Et cette fois la Ville fut déserte,
Il n'y resta qu'un tas de bonnes gens,
Tout fut dans l'ordre ; enfin la troupe leste
Au lieu marqué promptement arriva,
Par mille jeux la fête commença
Comus à tout avoit pourvu de reste,
Tout pour chommer à souhait s'y trouva.
N'est à douter qu'à fête si complette

On oublia bien-tôt le Saint du jour ;
Que tout l'honneur en revint à l'Amour
Et le plaisir à plus d'une fillette,
Mais le lutin au cœur farouche & dur,
N'eut pas celui qu'il s'étoit comme sur
Promis d'avance ; enfin la Nimphe prise
Perdit la tête & quelque chose avec :
Qui sçut lui faire un si plaisant échec ;
Besoin, je crois, n'est qu'ici vous le dise,
Mais bien comment s'y prit le rusé Grec
Qui le lui fit ; c'est où le Conte vise.

MILLE plaisirs goûtés à mille jeux
Avoient du jour presque rempli la course,
Lorsque ROSANT tout entier à ses feux,
Sans larmoyer, sans altérer sa bourse,
Parvint enfin à devenir heureux ;
Il fut hardi, ce fut-là sa ressource ;
Imitez-le, timides Amoureux.
Se remettant du tout à la fortune,
Dans l'instant même & sans plus s'aviser
Il fit dresser machine aux champs commune,
Mais que sa gloire alloit éternifer.
Deux troncs voisins, un cable, une planchette

Firent l'affaire & parut à l'inftant ;
Ce que fçavez qu'on nomme Efcarpolette,
De l'artifice Amour fut fi content
Qu'il infcrivit l'auteur en fa Tablette.
Pour fuivre donc , auffi-tôt que parut
L'invention , auffi-tôt on courut
Pour l'effayer , ce fut-là fon éloge ;
La primauté fit nombre d'envieux ,
Tous ayant droit à branle fi joyeux ,
Chacun d'abord le premier fe l'arroge ;
La Gent femelle ou difcorde fe loge ,
Déjà prenoit le ton impérieux ,
La mafculine alloit pour faire mieux
Jouer des poings , lorfque Rosant plus fage
Habilement fçut détourner l'orage ;
Comme le jour étoit à fon déclin ,
Pareil débat n'arrangeoit fon affaire.
Tout étoit dit ; s'il neût bien-tôt pris fin ,
L'adroit matois n'eût fait qu'eau toute claire :
Son avis donc fut que les Afpirans
Deux à la fois , chacun avec fa belle ,
Iroient s'ébatre , & que , peur de querelle ,
Le hafard feul affigneroit les rangs ;
L'avis calma la mutine fequelle ,
Chacun y taupe & plus de différens :

On commença, mais qui ?... ce fut CORISE,
Sans se prêter à tel arrangement,
Vers la machine elle vole gaiment,
Y met la main & ne lâche la prise,
Qui Diable alors eut commis la sotise
De chicanner un tendron si charmant,
Aussi prit-t'on la chose galamment.
S'y voir enfin. la premiere placée
N'étoit le tout, il falloit un second,
Qui le fera ?.... lui plaira-t'il ou non ?...,
Ce point critique est loin de sa pensée,
Elle ne veut qu'être bien balancée,
Aussi va l'être & de bonne façon :
ROSANT témoin de son impatience,
Voit & saisit le bien-heureux moment,
Comme CORISE, en fraint la loi, s'élance
Sur la selette & s'y met hardiment.
Tel impromptu surprit un peu la Belle
Et fit tout bas pester mainte femelle
Pour les Rivaux on les vit bonnement
En ricanner, pousser même le zèle
Jusqu'à prêter les mains au mouvement.

LES voilà donc enfin sur la machine,
Et le Lecteur au piquant du Tableau;

Faudroit ici gafe legére & fine,
Un Lafontaine & fon 'adroit pinceau,
Mais il n'eft plus ; fans prétendre à fa gloire
Le mieux, je crois, eft d'achever l'hiftoire
Vaille que vaille. Au rifque de bleffer,
Fouler au moins par trop la jouvencelle,
Le Grivois donc avoit fçu s'élancer
Chacune jambe éparfe, & comme en felle
Sur fon giron, le cas étoit urgent,
Il s'agiffoit de vaincre, & non de plaire
Par les égards que l'on doit à la Gent
Porte jupon, donc il ne put mieux faire
Pour le moment ; laiffons-le refpirer,
Et je répons qu'il va tout réparer :
Tôt en effet après ce tour de Page,
Comme la Nimphe émue & le cœur gros
Sur l'incartade alloit dire deux mots,
Il fe fufpend au cable, la dégage
Plus vîte encore, & prévient les propos ;
Puis par article il déplace la Belle
Moitié refus, moitié confentément,
Puis lui fuccéde alternativement
Tant & fi bien, que le deffus par elle
Eft occupé, le deffous par l'amant ;
Fortune enfin feconde tellement

Et fon manége & fes vœux, que Corise
Jambes de-çà, de-là, précifément
Comme il étoit, à crû fe trouve affife
Sur fes genoux, à crû ?... certainement,
Préfume-t'on que fi prompt changement
Put avoir lieu, fans que jupe & chemife
Euffent auffi part à ce dérangement.
Rosant le voit, fa fiere & rude amie
Le voit de même à fon dam, mais trop tard,
Elle s'en plaint, traite de perfidie
Un peu d'aftuce & beaucoup de hafard,
Elle s'agite, elle larmoye, prie,
Tout à la fois menace, tonne, crie
Très-vainement, l'Efcarpolette part
Et tout l'effein pour accroître l'allarme
Arrive en foule, y veut mettre la main,
Comme un pur jeu regarde fon vacarme,
N'en fait état, ricanne & va fon train.
Corise alors voit fuir toute efpérance,
Et pour le coup fe trouve entre deux feux ;
Si d'une part elle prend la défenfe
De fes appas, gare un faut dangereux,
Car les deux mains fur fiége qui balance
Ne font de trop ; d'autre part fi le foin
De conferver fa gentille perfonne

Prend le deſſus, elle n'ira pas loin

Sans du martyre accepter la couronne,

(Martyre entens celui qu'Amour ordonne

Contre un objet dont le cœur ſans beſoin

fait ſi des biens que ſa bonté nous donne.)

Que faire donc ?.. de deux fâcheux haſards

Choiſir le moindre, auſſi ſage Nature

La conſeilla· très-bien à tous égards,

Et lui rendit l'extrémité moins dure,

Chûte pour chûte elle aima mieux, dit-on,

Renouveller l'hiſtoire de Lucrece,

(Poignard exclus) qu'imiter Phaëton :

En conſéquence au cable qui la bleſſe

Elle renonce, &, cédant à la peur,

Se précipite au ſein de ſon vainqueur,

Sans le vouloir étroitement le preſſe

Dans ſes beaux bras, & hâte ſon bonheur.

❧❧

De Quelque prix que ſoit un diadême,

Le jouvenceau l'eût quitté pour ſaiſir

Les premiers fruits dûs à ſon ſtratagême,

Ce ſont baiſers qui viennent tous s'offrir,

Quoique privés de l'attrait du déſir

Baiſers ſi doux, qu'il craint auſſi lui-même

De s'oublier par l'excès du plaifir.
Malgré fa crainte à pourfuivre il s'apprête ;
Et fans le foin qui pour fa fûreté
A fes deux mains ôte la liberté,
Complettement il eut chommé la fête,
Une du moins ?.... ce fut en vérité
Bien grand dommage... ici l'hiftoire ajoute
Qu'il y pourvut tellement quellement,
Chercha Cithere, & chercha vainement,
Ne fit au plus qu'en cotoyer la route
Sans l'enfiler, on le croira fans doute
En comparant, aveugle quelque part
Veut-il aller, à moins qu'on ne le mene
L'infortuné tatonne, perd fa peine,
S'il touche au but, ce fera grand hafard,
Or ce hafard à cette fois du Sire
Ne fut le lot, mais il n'eut rien à dire
Pareil à compte étoit friande part.
N'efpérant donc mener à fin l'ouvrage
Il fe reftraint à cent projets nouveaux,
En attendant, où vous fçàvez, fait rage,
Tire fon plomb & fa poudre aux moineaux.
Que dit à ce la Belle defolée ?....
Rien... au contraire, aü lieu, (pour fe vanger)
D'égratigner, de faire l'endiablée,

Par un éclat de nouveau s'affliger,
A fon Amant elle refte collée,
Dit à part foi, *mieux vaut être affollée,*
Paffer le pas que courir un danger
Plus grand cent fois : foudaine impreffion
Vient même aider à fa conclufion ;
Du jouvenceau la féduifante allure,
Son doux maintient, fes traits, fon encolure,
Font leur effet, portent conviction
Si que rivaux à fa direction,
N'ont près de lui ni graces, ni figure
Et perdent tous à la comparaifon :
En un moment quel excès de raifon !...
S'il paroît grand, s'il furpaffe l'attente
Pareil miracle eft au fripon d'amour
Simple amufette, & notre jeune amante
Tout à fait douce & plus que complaifante,
Alloit prouver ce qu'on voit chaque jour,
Si, mal à point, la troupe impatiente
N'eût trouvé bon d'avóir auffi fon tour.
Elle regarde alors avec envie
Chaque compagne & le fort qui l'attend,
Mais en amour, il n'étoit qu'un ROSANT,
Aucune après, ne fut fi bien fervie.
Quoi qu'il en foit, le moment du plaifir

Sinon perdu, fut reculé pour elle,
La volonté vint trop tard à la Belle,
Il lui fallut cette fois s'en tenir
A l'avant goût, faire place, & finir,
Sauf à reprendre & terminer l'affaire
En tems propice, & fans doute à huis clos;
D'accord tous deux ce tems ne tarda guére,
A le faifir ils furent fi difpos,
Vacquerent tant à l'amoureux miftére,
Que tôt après le Curé, le Notaire
Mandés tous deux, vinrent fort à-propos;
L'un écrivit, l'autre avec une antienne
Légitima ce plaifir enchanteur
Qui de la vie eft le premier auteur,
Plaifir qui prefque a moiffonné la mienne,
Ainfi de vous ne foit, ami Lecteur.

FIN.